AF325064

COLLECTION DE M. D. S*** [Scheviteh]

SECRÉTAIRE D'AMBASSADE

OBJETS D'ART

BRONZES FLORENTINS

SCULPTURES — FAIENCES

PORCELAINES

EXPOSITIONS :

PARTICULIÈRE	PUBLIQUE
Le Samedi 8 Février 1873	*Le Dimanche 9 Février 1873*

COMMISSAIRE-PRISEUR :

CHARLES PILLET, 10, rue de la Grange-Batelière.

EXPERTS :

M. CHARLES MANNHEIM,	M. CARLE DELANGE,
7, rue Saint-Georges.	5, quai Voltaire.

COLLECTION

D'OBJETS D'ART

ET DE CURIOSITÉ

De M. D. S***

SECRÉTAIRE D'AMBASSADE

Bronzes florentins et autres ;
Faïences des XVIe et XVIIe siècles et Majoliques italiennes,
Hispano-araves et de Perse ; Porcelaines de Perse,
de Sèvres, de Saxe et de Capo di Monte ;
Verrerie de Venise ; Objets divers ; Camée grec ;
Ivoires des XIVe et XVIIe siècles ;
Sculptures en bois et en cire ; Meubles ; Tapisseries ;
Dentelles et Guipures.

ET DONT LA VENTE AURA LIEU

HOTEL DROUOT, SALLE N° 3,

Les Lundi 10 et Mardi 11 Février 1873

A DEUX HEURES

Par le ministère de **Me CHARLES PILLET**, Commissaire-Priseur,
10, rue de la Grange-Batelière,

Assisté de M. **CHARLES MANNHEIM**, Expert,
7, rue St-Georges,

Et de M. **CARLE DELANGE**, Expert, 5, quai Voltaire,
Chez lesquels se trouve le présent Catalogue.

EXPOSITIONS
PARTICULIÈRE : Le Samedi 8 Février 1873.
PUBLIQUE : Le Dimanche 9 Février 1873.

CONDITIONS DE LA VENTE

Elle sera faite au comptant.

Les adjudicataires payeront *cinq pour cent*, en sus des enchères.

L'exposition mettant le public à même de se rendre compte de l'état des objets, il ne sera admis aucune réclamation une fois l'adjudication prononcée.

Paris. — Typ. PILLET fils aîné, rue des Gr.-Augustins, 5.

DÉSIGNATION DES OBJETS

BRONZES

1 — GROUPE. — HERCULE COMBATTANT L'HYDRE. Un pied posé sur le corps de la bête dont la queue s'agite et les sept têtes se redressent ; le bras en l'air tout prêt à frapper de sa massue.

La beauté de l'exécution, le mouvement du corps qui fait jouer tous les muscles, l'expression noble de la tête, dénotent évidemment dans cet ouvrage la main d'un des plus grands maitres de l'art florentin du milieu du xvi⁰ siècle.

Voir la photographie.

2 — GROUPE. — PERSÉE TUANT LE DRAGON. Pendant du précédent et de la même main.

Les détails dans les accessoires, tels que les monstres et le casque fantastique, accusent l'œuvre la plus habile d'un sculpteur à la fois ciseleur et orfévre.

Hauteur de chaque groupe, 50 centimètres.

Voir la photographie.

3 — GRANDE FIGURE ÉQUESTRE, représentant saint Jacques
de Compostelle, l'épée à la main, combattant les Sarra-
sins. L'un d'eux terrassé est sous les pieds du cheval ;
parties en argent parties en bronze doré, d'un grand
effet.

Travail espagnol de la fin du xvie siècle.
Hauteur, 57 centimètres avec le piédestal.

4 — BEAU GROUPE D'ENFANTS jouant avec un agneau, les
figures sont quart de nature. Belle patine rougeâtre.

Hauteur, 43 centimètres; larg., 45, sans le piédestal.
Travail italien de la fin du xvie siècle.

5 — RÉPÉTITION DU GLADIATEUR. Le bouclier qui manque
à l'original est ici restitué, ainsi que le sabre, auquel
l'artiste florentin a donné une forme de son temps
au lieu de celle du glaive antique. La patine de ce
bronze est d'une beauté et d'une conservation remar-
quables.

Hauteur, 42 centimètres.

6 — DEUX GROUPES représentant deux divinités, Mercure
et la Renommée montés sur Pégase. Sous le ventre du
cheval ailé des trophées d'armes qui leur servent de
supports. Sur socles en marbre blanc.

Travail du commencement du xviie siècle.

7 — ASSEZ GRAND BAS-RELIEF en bronze, représentant des
moines tenant la croix élevée pour encourager des guerriers au combat. Sur le premier plan, un jeune moine
est représenté en plus grande dimension que les autres
personnages.

Travail italien du xviie siècle.

8 — **Quatre figures de saints** en cuivre doré et ciselé sur des socles de même métal et de même travail.

Bon travail espagnol ou italien du xvııᵉ siècle.

9 — **Statuette d'Hercule** en bronze antique; sur sa tête et ses épaules la peau du lion; belle patine.

Style étrusque ou samnite.

10 — **Jolie sonnette** en bronze italien du xvıᵉ siècle, la poignée est formée par un groupe d'enfants soutenant une boule.

11 — **Jolie écritoire** en bronze italien, formée par une sirène casquée et accroupie, jouant d'un instrument; le récipient blasonné est placé entre ses cuisses, qui se terminent par des queues de poisson.

12 — **Christ en croix** en cuivre doré et repoussé avec inscription au-dessus de sa tête. *Jes. Nasareus rex Judeor.*, en lettres onléales.

Travail italien du xıııᵉ siècle.

13 — **Grande bouilloire** en cuivre décorée d'ornements repoussés, elle est accompagnée de son fourneau à esprit de vin.

Travail de Bologne du xvııᵉ siècle.

SCULPTURES

14 — Très-belle vierge sculptée en ivoire. Elle est debout et tient l'enfant Jésus du bras gauche, elle le regarde en lui présentant un fruit ; l'enfant Jésus, un bras appuyé sur le sein de sa mère, avance l'autre pour saisir l'objet qu'elle lui présente ; on aperçoit encore des traces de son ancienne décoration en peinture.

Beau travail italien du xiv⁰ siècle.

Hauteur, y compris sa base, 42 centimètres.

Le bras gauche de l'enfant manque, ainsi qu'un doigt de la Vierge avec le fruit qu'elle tenait.

15 — Volute de crosse d'Abbesse sculptée en ivoire ; d'un côté elle représente la vierge assise, tenant l'enfant Jésus, entre deux anges portant des flambeaux ; de l'autre le crucifiement. L'arête de la volute est ornée de choux rampants.

Beau travail du xiii⁰ siècle.

16 — Vase en ivoire en forme de verre à boire avec monture en argent émaillé, la terrasse est ornée de perles fines. Il est décoré tout autour d'un bas-relief représentant le sujet de la Léda de Michel-Ange, traité avec le plus grand talent d'imitation.

Beau travail italien du xvii⁰ siècle.

17 — CHRIST EN IVOIRE de moyenne dimension dans un grand cadre en bois sculpté italien, décoré de figures d'anges et de têtes de chérubins.

Joli travail italien du XVIIe siècle.

18 — TROIS BUSTES en haut-relief modelés en cire colorée, de manière à rendre la teinte des chairs et des accessoires ; représentant l'Enfer, le Purgatoire et le Paradis.

L'expression de chacune des têtes est en parfait rapport avec le sujet représenté et d'une exécution qui ne laisse rien à désirer. Un document authentique en fait connaître le véritable auteur ; car dans la chronique d'un Génois, Raphaël Soprani, qui écrivait vers la fin du XVIe siècle, on lit ce qui suit : « Parmi les « plus célèbres, et d'un mérite extraordinaire, sont « les quatre dernières demi-figures en cire coloriée exé- « cutées par Giovanni Bernardino Azzolini ou Mazzoli, « Napolitain, à Gênes, en 1510, pour le prince Marc- « Antoine Doria, dont la première figurant la mort (cette « figure manque), laissait voir l'exacte anatomie de « l'homme, etc.; la deuxième, représentait l'Enfer ; la « troisième, le Purgatoire, et la quatrième, le Paradis. »

Ces trois cires, attribuées pendant longtemps à Léonard de Vinci, qui, dans sa jeunesse, avait modelé en cire, furent ainsi restituées à leur véritable auteur, par le document que nous venons de citer en partie, retrouvé par M. Sallazaro, inspecteur général du musée de Naples dans la « *Storia dei pittori e scultori Napoletani,* » de Bernardo Dedomenici. XVIIe siècle. Vol. II, page 263.

MEUBLES

19—Coffret italien en bois d'ébène de couleur peu foncée, d'ailleurs peu visible par la profusion des ornements qui la couvrent presque en entier. Ceux-ci, tirés de l'ornementation arabe la plus belle et la plus riche à la fois, rappellent les ouvrages soit en fer damasquiné ou niellé, soit en reliures. Ils sont mis au pinceau et au vernis, le tout produisant l'aspect poli et brillant des beaux vernis du Japon et de la Chine. L'intérieur du couvercle est décoré de même ; un miroir retenu par quatre mascarons en argent ciselé en occupe le milieu. Sur le couvercle une poignée mobile, formée par deux sirènes adossées, en argent ciselé et doré d'un goût exquis.

Cette charmante pièce, ouvrage vénitien de la première partie du xvi° siècle, réunit toutes les qualités pour en faire un objet digne des plus belles collections.

Dimensions : Longueur, 42 centimètres; larg., 30 ; haut., 18.

20 — Deux grands coffres forme sarcophage en bois sculpté, dits d'atours. Le devant et les côtés, sont décorés de grands rinceaux feuillagés dans le plus beau style antique de la Renaissance italienne, la gorge qui va rejoindre le couvercle est ornée de cannelures, aux angles de devant des écussons armoriés surmontés de petites figures d'enfants.

Beau travail italien de la première partie du xvi° siècle.

21 — GRANDE ET BELLE PENDULE de Boule, marqueterie, cuivre et écaille, première partie, richement décorée de bronzes, à la base du chapeau deux figures d'enfants, et le tout surmonté d'une Renommée; elle est accompagnée de son pied en cul-de-lampe très-riche en marqueterie et en bronze. Le mouvement manque.

Hauteur, 1 mètre 50 centimètres.

OBJETS VARIÉS

22 — GRAND CHRIST en buis sculpté dans un seul morceau y compris les bras; il est monté sur une croix placée sur un rocher sculpté en ébène.

Beau travail italien, attribué à Giovanni de Nola.
Hauteur du Christ, 52 centimètres.

23 — BEAU CALICE en cuivre gravé et repercé couvert d'ornements en corail, la coupe en argent doré.

Travail sicilien du XVIIe siècle.

24 — DEMI-SPHÈRE, provenant d'une cassolette décorée de médaillons de diverses grandeurs, représentant des figures de saints à mi-corps et réunis par des ajours en forme de trèfle, sur le plus grand le christ en croix.

Fragment curieux d'orfévrerie du XIIIe siècle, en Italie.

25 — **Vierge assise** tenant l'enfant Jésus debout sur ses genoux, regardant le petit saint Jean.

Travail italien en buis sculpté du commencement du xviie siècle, dans un cadre en ébène à moulures guillochées.

26 — **Os sculpté**, représentant un évêque grec le tau à la main ; il est placé sous une arcade du xviie siècle. Fragment de coffret.

27 — **Noyau de fruit** sculpté, représentant deux têtes d'empereurs, l'une avec l'exergue : DIVVS. AVG.

28 — **Deux figurines** sculptées en ivoire, dont l'une représente la Vierge avec l'enfant Jésus, et l'autre sainte Anne ; les vêtements et les cheveux sont ornés de dorures.

Joli travail espagnol du xviie siècle.

29 — **Grand bas-relief** en cire, représentant une descente de croix. La couleur de la cire imite celle du buis.

Travail italien du commencement du xviie siècle.

30 — **Petit bénitier** sculpté sur marbre, formé par le saint suaire et la tête du christ couronnée d'épines. Dans le haut, deux têtes de chérubins et le Saint-Esprit.

Travail italien du xviie siècle.

31 — **Buis** très-finement sculpté dans un seul morceau, représentant la fuite en Égypte ; les personnages sont

entièrement détachés du fond de paysage, dont les différents plans sont indiqués; le tout est encadré de
feuillages.

Travail italien du **xvii**° siècle.

32 — COFFRET EN BOIS sculpté, représentant sur le couvercle le sujet de la présentation au temple, le tout est
décoré de feuillages.

Travail moderne.

33 — COFFRET EN IVOIRE gravé orné de médaillons, représentant des emblèmes divers avec devises.

34 — COFFRET EN FER entièrement décoré de réseaux gothi-
ques avec fermeture et cache-entrée.

Travail français du **xv**° siècle.

35 — PETIT BERCEAU d'enfant, en bois peint et doré. Le
chevet est supporté par un aigle à deux têtes et le
pied par un aigle replié sur lui-même, à l'intérieur une
charmante figurine d'enfant en porcelaine de Capo di
Monte.

36 — BÉNITIER en verre de Bohême taillé, muni d'une
anse à bélière se rattachant au vase par des mufles de
lions. Monture en cuivre doré et ciselé.

37 — GRANDE PAIRE DE PLAQUES DE CEINTURE en argent.
Elles sont de forme ronde, entièrement couvertes d'ornements repoussés et ciselés.

Travail hongrois ou circassien du **xvii**° siècle.

38 — Couteau-poignard, fourreau et manche en argent repoussé et ciselé, lame en damas.

38 *bis*. — Autre couteau-poignard, fourreau et manche en argent repoussé et ciselé, forme yatagan.

39 — Coffret en écaille richement décoré et piqué d'or.

Joli travail de Sicile ou de Naples du xviie siècle, époque de Louis XIV.

40 — Etui nécessaire en piqué d'argent, garni à l'intérieur de ses ustensiles. Même travail.

41 — Tablettes de même travail en piqué d'or garni à l'intérieur de ses feuilles en ivoire.

42 — Etui a aiguilles. Même travail.

43 — Jolie petite croix pectorale en cristal de roche garnie en or émaillé et perles fines.

Travail du xvie siècle.

44 — Autre petite croix pectorale en or émaillé noir et blanc, elle est sertie dans une seconde croix en or.

Même époque.

45 — Autre petite croix pectorale en or finement ciselé et perles fines. Travail du xviie siècle.

46 — Petit tube en verre antique chevronné blanc et surmonté d'une tête de nègre.

47 — Camée grec (Nicolo blanc sur gris), représentant la toilette de Bacchus enfant. Le dieu, debout sur une table basse, se soutient sur la tête d'un esclave qui s'est baissé à sa hauteur. Une vieille femme coiffe Bacchus, tandis que Silène amuse le petit dieu en faisant danser un caducée devant lui. Dans un coin un monogramme qui n'a pu être déchiffré.

Dimensions : millimètres, 23 sur 18.

48 — Anneau en or formé par une chaîne en gourmette, le chaton en fer-à-cheval avec clous à têtes en rubis ; dans le vide un masque gravé en relief, également en rubis.

49 — Deux pierres gravées, l'une en creux, l'autre en relief.

50 — Grand fond de montre en argent repoussé et ciselé, signé D. Cochin F.

51 — Six petits émaux peints, de forme ovale, représentant des amours et des bergères.

52 — Figurine en argent repoussé, représentant un vigneron.

53 — Belle tabatière en porcelaine de Saxe, décorée à l'extérieur et à l'intérieur de sujets de paysages, et figures d'une grande finesse d'exécution ; la garniture est en argent ciselé.

54 — Autre de forme ovale en porcelaine de Saxe, garniture en cuivre, avec peintures style Watteau.

55 — Autre en porcelaine de Capo di Monte, fond grain d'orge, décorée de bouquets; garniture d'argent.

56 — Autre ronde en porcelaine de Capo di Monte, décorée de sujets à figures et paysages.

57 — TABATIÈRE en forme de petit paroissien en buis sculpté. Sur le couvercle, le Christ en croix, Saint-Jean et la Madeleine; charnière et fermoir en argent.

58 — PETITE TABATIÈRE, en forme de pulvérin, en ivoire sculpté.

Travail italien du XVIIe siècle.

59 — COUTEAU ET FOURCHETTE, dont les manches en ivoire sculpté représentent des groupes d'enfants enlacés dans leur gaîne en cuir.

Joli travail italien du XVIe siècle.

60 — TABATIÈRE en écaille incrustée d'or et de nacre de perle représentant un chien et des oiseaux.

61 — QUATRE JETONS en argent, d'un côté aux armes de la ville de Paris, de l'autre à celles de M. Lepeletier, IIe prévot. 1786.

62 — BAS-RELIEF en terre cuite, représentant un groupe
de quatre enfants.

xviie siècle.

63 — LONGUE-VUE EN IVOIRE tourné et guilloché.

Travail du xviie siècle.

64 — TRÈS-BEL ÉVENTAIL, monture en nacre richement
sculptée et dorée, avec belle peinture sur vélin, représentant Diane venant visiter Endymion.

Style de Louis XIV à Louis XV.

65 — Autre bel éventail, monture en écaille piquée d'or,
avec superbe peinture sur vélin, sujet allégorique.

Même époque.

66 — GARNITURE DE BOUTONS D'HABIT en biscuit de Wedg-
wood, montés sur acier.

67 — BELLE PLAQUE gravée sur lapis-lazuli, représentant
Bellone et deux guerriers antiques.

68 — PLAQUES ET CHAÎNONS en lapis pour bracelets, col-
liers, boucles d'oreilles, le tout monté en bas or.

69 — BELLE MINIATURE peinte sur ivoire par Lawrence
(Thomas), représentant les enfants de Georges Cal-
mardy.

70 — **Miniature sur ivoire**, représentant une sainte famille, d'après André del Sarte, ou son école.

71 — **Miniature sur vélin**, représentant une sainte en extase; elle est placée dans une jolie bordure cintrée en écaille piquée d'or.

72 — **Gouache** représentant un sujet de bataille.

73 — Autre sur vélin. — École allemande.

74 — **L'Apothéose de Francesca de Rimini**, esquisse peinte par Henri Scheffer, sur marbre.

FAIENCES
DE PROVENANCE ORIENTALE

75 — **Beau plat** hispano-moresque creux, à bords plats, au fond un ombilic avec blason portant un taureau, le fond entouré d'une inscription répétée *in principio erat verbum;* le bord est orné de godrons inclinés, très-beaux reflets.

Diamètre, 43 centimètres.

76 — **Grand plat** hispano-moresque, au centre un aigle, fleurs et feuillages en relief autour, reflets nacrés.

Diamètre, 47 centimètres.

77 — Plat de moyenne dimension hispano-moresque à ombilic.

78 — Grand plat siculo-arabe, au centre un aigle, le reste couvert d'un semis de feuilles de lierre en bleu et d'ornements contournés.

Diamètre, 42 centimètres.

79 — Plat hispano-moresque, à reflets verdâtres.

80 — Deux plats à reflets cuivreux. Style moresque.

81 — Deux jolis plats en faïence dite de Perse, décorés sur fond blanc de feuillages et palmes en bleu et vert, entremêlés d'œillets et tulipes rouges.

82 — Autre moins grand, même provenance.

83 — Joli vase à anse décoré de même, et dont les rouges parfaitement réussis sont vermillon clair. Même provenance.

84 — Vase forme potiche de même fabrique, dont les ornements, sur le col un peu élevé, se détachent sur fond bleu.

85 — Autre à peu près de même forme, décoré d'un semis de médaillons blancs sur fond bleu; avec bouquets d'œillets rouges.

86 — TASSE ET SOUCOUPE en faïence de Rhodes, fond blanc, décorées de bouquets.

87 — COUPE basse en demi-porcelaine de Perse translucide, décorée entièrement d'ornements à reflets métalliques du meilleur goût. Petite pièce de la plus grande rareté et d'une parfaite conservation.

Diamètre, 22 centimètres.

88 — CINQ PETITES ASSIETTES fond bleu, couvertes de légers dessins rouges à reflets. Faïence sicilienne.

Ce numéro sera divisé.

FAIENCES ITALIENNES

89 — MÉDAILLON de forme ronde, représentant la Vierge, l'enfant Jésus et saint Jean dans un fond de paysage, par Andrea della Robbia, vers 1500.

Diamètre, 50 centimètres.

90 — PLAT A PIÉDOUCHE forme de coupe basse, représentant Laocoon et ses fils, et sur un plan plus éloigné, une femme brûlant sur un rocher. Le soleil se lève ou se couche à l'horizon derrière une ville. Belle irisation rubis et or.

Fabrique d'Urbino, peint par Xantho. Il porte la date de 1539.

Diamètre, 26 centimètres.

91 — PLAT de même dimension. — Sujet de bataille, au centre deux cavaliers, l'un armé d'une lance, l'autre portant une bannière. — Comme le précédent, il est rehaussé de reflets métalliques.

> Ecole de Xantho, même fabrique et portant la même date de 1539.

92 — PETIT PLAT. Au centre un amour les mains attachées derrière le dos, le bord est couvert d'ornements enroulés à reflets rubis et or en retrait sur le fond bleu légèrement en relief.

> Fabrique de Gubbio, par M° Giorgio.
> Diamètre, 20 centimètres.

93 — PLAT A PIÉDOUCHE de moyenne dimension, décor en relief avec reflets produisant des irisations nacrées, il représente le sujet de la Nativité. Superbes reflets, pièce remarquable.

> Fabrique de Deruta, vers 1500.

94 — ASSEZ GRANDE PLAQUE, représentant en relief le Christ en croix, saint Roch et une sainte placés sur des petits acrotères, le tout irisé or.

> Pièce intéressante de l'ancienne fabrique de Deruta.

95 — PLAT d'assez grande dimension, représentant Énée au tombeau d'Anchise; au revers est écrit : Enea al paterno sepolcro 1549.

> Ecole d'Orazio Fontana ; du côté de la peinture, la date est répétée et accompagnée de la lettre P, probablement l'initiale de Patanazzi (Alfonso), belle composition et couleur vigoureuse.
> Diamètre, 36 centimètres.

96 — GRAND VASE forme bouteille ; sur la panse, dans un
médaillon entouré d'arabesques jaunes sur fond bleu,
une femme nue debout, tenant une quenouille.

Fabrique de Caffaggiolo, vers 1500.

97 — VASE à goulot et une seule anse de forme élégante,
décoré d'arabesques en grotesques, blanc sur fond
orangé ; sur le goulot un monogramme assez compli-
qué, se terminant par une croix.

Ancienne fabrique de Castel Durante.

98 — DEUX VASES forme cornet, dits de pharmacie ; sur
le devant, deux personnages dans le costume de la fin
du xve siècle, représentés debout : l'un tient un cœur
enflammé ; l'autre, la tête découverte, tient son béret
tailladé. Derrière, une lettre majuscule B.

Fabrique de Caffaggiolo, vers 1500.

99 — Deux autres plus grands, dont l'un représente une
femme filant en marchant et menant paître des oiseaux
de basse-cour, dont deux se battent. L'autre un
vieillard appuyé sur une béquille et tenant un vase à la
main.

100 — Deux de même grandeur représentant l'un, un
guerrier appuyé sur l'écusson des princes Colona ;
l'autre, une femme tenant une levrette.

101 — Six autres à sujets d'enfants ou génies dans diverses postures, et tenant des attributs différents.

Ce numéro sera divisé.

102 — Deux coupes godronnées (dites quartière), décorées d'arabesques et grotesques sur fond blanc et orange alternés ; au centre, deux figures vues à mi-corps. Magnifique émail.

Fabrique de Castel Durante.

103 — Deux autres à peu près semblables, dont une porte le monogramme Æ. V.

104 — Deux autres à peu près semblables.

105 — Deux petits vases à une seule anse ; sur la panse, deux taureaux peints, l'un jaune clair sur fond gris bleu, l'autre gris sur fond bleu.

Ancienne fabrique de Caffaggiolo ou de Faenza.

106 — Grand monument, formant écritoire dans sa partie supérieure, et recouvert d'une coupole. Il est de forme octogone, ses faces sont ornées alternativement de plates peintures ou de bas-reliefs peints, représentant des figures allégoriques placées sous des niches ; des colonnes détachées, mais adhérentes par leurs embases et leurs chapiteaux, ornent ses angles. La partie supérieure se termine par une frise d'arabesques peintes en blanc sur fond noir, et est surmontée par quatre petits génies en ronde bosse jouant de la flûte. Tout l'édifice est entièrement décoré d'arabesques ou gro-

tesques et autres ornements polychromes. Sur la plate-
forme du couvercle se trouve un monogramme soit
d'artiste, soit de propriétaire.

Pièce importante d'un très-bel effet, de la fabrique
d'Urbino, aux deux tiers du xvie siècle, par Alphonse
Patanazzi.

Hauteur, 56 centimètres.

107 — Dessous d'écritoire de même fabrique et du même
auteur. Il est carré et repose sur quatre aigles noirs
qui lui servent de pieds. Dans l'un des compartiments
intérieurs se trouve un monogramme W, probable-
ment celui du propriétaire ; il est décoré à l'extérieur
de peintures sur fond blanc représentant des groupes
de génies soutenant des vases et des mascarons.

108 — Très-grand plat couvert d'ornements grotesques ;
l'ombilic représente en caricature le jugement de Pâris.

Très-bel émail, fabrique incertaine de la fin du
xvie siècle.

Diamètre, 45 centimètres.

109 — Plateau graffito décoré d'ornements légèrement
en relief, émaillé et jaspé sur le fond jaune de la terre ;
au centre, un blason portant un lion.

Fabrique ancienne de Cita di Castello ou Lafrata.

110 — Vase forme boule, décoré d'ornements feuillagés
sur fond bleu et de deux médaillons sur fond jaune,
représentant deux bustes de personnages en costumes
du milieu du xvie siècle.

Fabrique de Castel Durante.

111 — Coupe contenant des fruits émaillés en couleurs.

FABRIQUES ITALIENNES
DITES DE CASTELLI.

112 — **Plateau de coupe** représentant le doge de Venise Partecipazio tuant son frère le duc Comacchio. — Il est représenté à cheval, tenant une enseigne à lion rampant; le lion de Saint-Marc semble voler derrière le cheval, qui foule aux pieds le duc Comacchio. Dans le fond une ville. Le tout rehaussé d'or.

> Cette pièce remarquable peut remonter à la fin du XVIe siècle.

113 — **Deux assiettes** représentant des paysages avec figures et animaux. Les bords sont décorés d'arabesques or sur fond brun foncé, peintes au vernis.

> Specimens rares.

114 — **Deux petites assiettes**, dont l'une représente la Justice et trois figures de petits génies; l'autre un paysage à la Claude Lorrain, bordure de feuillages, d'enfants et de mascarons. Le tout rehaussé d'or.

115 — **Grand plat** représentant le bain des déesses de l'Olympe : au centre, le jugement de Pâris; au-dessus, Apollon conduisant le char du soleil et lui faisant traverser les signes du zodiaque. Deux jeunes cavaliers montent les chevaux de devant. La bordure se compose

d'enroulements feuillagés au milieu desquels se jouent
des Amours.

> Pièce remarquable du xviie siècle.
> Diamètre, 48 centimètres.

116 — GRAND PLAT représentant la mort d'Absalon. Même
genre de bordure que les précédents et même époque.

> Diamètre, 39 centimètres.

117 — PLAQUE RONDE représentant un sujet inconnu. Sur
une assise d'un mur on lit : **INGENVVS CANDOR** ;
sur une autre au-dessous, le monogramme de Saverio
Grue.

> xviiie siècle.

118 — GRANDE PLAQUE représentant la Vierge soutenant le
corps de son fils descendu de la croix ; à droite et à
gauche, deux anges, dont l'un soutient le bras droit du
Christ, l'autre tient un écriteau sur lequel on lit :
IESVS NASARINUS REX IUDEORŪ. Aux pieds
du Christ, sur un plat, la couronne d'épines et deux
clous ; enfin, sur une pierre, le monogramme de Saverio Grue.

> Haut., 40 cent.: larg., 25 cent.

119 — GRAND PLAT représentant la révolution de Masa-
niello. On le voit sur le premier plan, donnant le signal
de la révolte en renversant des corbeilles de fruits sur la
place du marché de Santa Lucia ; au loin le fort Saint-

Elme et ses canons braqués sur la ville. Bordure d'enroulements de feuillages, d'oiseaux et d'enfants.

Cette pièce est intéressante, parce qu'elle est contemporaine de l'événement que la peinture représente. Diamètre, 40 centimètres.

120 — PLAQUE circulaire représentant Phinacus, roi de Thrace, fils d'Agénor, à table avec les Argonautes. Ce prince avait fait crever les yeux à ses deux fils Oreithyos et Krambis; en punition de ce crime, une Harpie, sur l'ordre des dieux, venait enlever les plats chaque fois qu'on les plaçait sur la table. Ayant invoqué Borée, celui-ci envoya ses deux fils Zétès et Kalaïs à la poursuite de la Harpie. Tiré d'Homère. Au bas la signature : GENTILI P.

Diamètre, 25 centimètres.

121 — PLATEAU DE COUPE représentant l'Aurore précédant le char d'Apollon ; elle est entourée de génies auxquels elle distribue des fleurs et des fruits.

Pièce remarquable de Carlo Antonio Grue.

122 — GRAND PLAT représentant l'enlèvement d'Europe. Bordure de feuillages et d'enfants se jouant au milieu. Mêmes époque et auteur.

Diam., 43 cent.

123 — GRAND PLAT, représentant le mariage de sainte Catherine. Bordure analogue. Même époque et même auteur.

Diamètre, 50 centimètres.

124 — GRAND PLAT représentant le berger David venant
s'offrir à Saül devant sa tente, entouré de ses gardes,
pour aller combattre les Philistins. La bordure est formée de sirènes, d'enfants et de trophées.

Commencement du XVIIIe siècle. Même auteur.
Diamètre, 50 centimètres.

125 — PLAQUE OVALE représentant Dalila livrant Samson
aux Philistins. Marquée GENTILI P.

Diamètre, 35 centimètres sur 25.

126 — PLAQUE circulaire représentant Job et ses deux
amis dans un paysage. Sur le piédestal d'une colonne
on lit : IOB. VIR. IVST'S; sur un mur en face :
Dr FRANC. ANT. XAV. GRVE PINXIT.

127 — DEUX PLAQUES circulaires, sujets de marine, signées
sur une pierre F.GRVE.

128 — Deux autres sans signature, même artiste.

129 — PETIT PLAT représentant un sujet de jeux d'enfants.
Bordure de feuillages et enfants dans un cartouche de
la bordure. Dr F. A. Grue.

130 — PETITE PLAQUE carrée représentant la Vierge allai-
tant l'enfant Jésus ; derrière elle sainte Anne et le petit
saint Jean.
Hauteur, 0,12 ; largeur, 0,15.

131 — PLAQUE carrée. L'hiver. Sur le devant, deux hommes et une femme se chauffent; au second plan, des patineurs. Signée à gauche : N^use Giustiniano fecit 1758.

Hauteur, 0,25 ; largeur, 0,33.

132 — PETITE PLAQUE circulaire représentant l'Adoration des bergers. Sur une auge en bois au-dessous de l'enfant Jésus, on lit : D' FRANC. A. GRVE P.

133 — GRANDE PLAQUE représentant des ruines antiques avec fond de paysage ; un peintre assis au pied d'un piédestal les dessine. Sur la face principale du piédestal, assez difficile à lire, mais où on déchiffre : Giustiniani fecit anno 1758.

La composition rappelle les tableaux de ruines du peintre français Robert.
Hauteur, 0,35 ; largeur, 0,25.

134 — Son pendant. Dans le fond, une villa italienne dont l'entrée donne sur la mer ; au premier plan, un escalier et une statue sur un piédestal ; quelques figures et des fragments antiques sur le bord d'un étang ; sur une pierre, le monogramme AG.

135 — GRAND VASE à couvercle décoré sur la panse de bergers avec des animaux. Sur le piédouche et le couvercle, des feuillages et des enfants.

Hauteur, 51 centimètres.

136 — QUATRE GRANDS GROUPES en terre (dite de pipe) émaillée en blanc, représentant des scènes gracieuses d'une exécution charmante dont chacun des sujets est inscrit sur la plinthe. — Le premier, le sommeil interrompu ; le second, le réveil prémédité ; le troisième, la douce impression de l'harmonie ; le quatrième, suite de la douce impression de l'harmonie ; d'un côté de chaque inscription on lit **FABRIC. B. MALV.** et de l'autre, Joseph **SEBASTIANI SCULP**. Cette fabrique de Malvica se trouvait à neuf milles de Palerme et on n'en connaissait jusqu'ici aucun échantillon. — Les personnages sont représentés dans le charmant costume de la fin du règne de Louis XVI, qui ajoute encore à la grâce de ces quatre sujets, qui semblent avoir été exécutés d'après des compositions du peintre français Boilly père.

Les figures ont à peu près 30 centimètres.
Ce numéro sera divisé.

PORCELAINES

137 — GRAND PLAT en porcelaine tendre de Capo di Monte, Vénus, Bacchus et Cérès dans des nuages, peints avec la plus grande finesse. La bordure se compose de cartouches ornés de corbeilles et de bouquets de fleurs avec ors en relief. Il porte au revers la marque du lys (première époque sous Charles III).

Diamètre, 45 centimètres.

138 — CHARMANTE PENDULE en ancienne porcelaine de
Saxe ; elle est coloriée et d'une grande richesse de
détails ; sur le couronnement, un religieux mission-
naire, assis sur un siége, prêche l'Evangile à des
Chinois placés un peu plus bas que lui, un jeune
enfant chinois à ses pieds tient une bannière au monogramme des jésuites. Autour du cadran on lit cette
inscription : *Ludovicus Franciscus, Dux de Richelieu
dono. Dat. Abat. Mathao Ripa*, 1728 ; sur la pendule,
se trouvent les armes de Richelieu.

Hauteur, 43 centimètres.

139 — JOLIE CAFETIÈRE en porcelaine tendre de Capo di
Monte, avec couvercle en argent doré. Marque du lys.

140 — PENDULE en porcelaine pâte tendre de Capo di
Monte, coloriée et dorée, elle représente la figure de
l'Espérance debout appuyée sur le monument dont
elle est formée et sur lequel est placé un enfant en-
dormi. Au-dessous du cadran est une inscription la-
tine. *Marque N couronnée*.

Hauteur totale, 41 centimètres.

141 — BEAU ET GRAND GROUPE en vieux Saxe colorié ; deux
enfants représentant l'un l'hiver, l'autre le printemps.

Hauteur, 25 centimètres.

142 — DEUX PAIRES DE CHANDELIERS en porcelaine de vieux
Saxe en couleur, l'une, première époque, style chinois ;
l'autre. rocaille avec fleurs et oiseaux.

Ce numéro sera divisé.

143 — Beau service a thé colorié en vieux Saxe première époque, pour six personnes, composé de six tasses, théière, cafetière, grand pot au lait, petit plateau carré, boîte à thé, bol, sucrier. — Le fond rose tendre, avec fleurs de couleurs en relief, et 54 médaillons représentant des paysages finement exécutés. Dans un étui doublé de velours.

144 — Petit vase cornet en faïence, décor émaillé sur fond blanc.

145 — Tête-a-tête à thé en vieux Berlin colorié. Théière, pot à crème, sucrier, grand pot au lait, deux tasses, deux cuillers, et un grand plateau ; le tout décoré de 26 sujets en couleurs d'après Teniers. Riche dorure en relief ; il est dans son étui doublé de satin.

146 — Tête-a-tête en porcelaine de Sèvres pâte tendre, décoré de paysages en camaïeu rose tendre peints et signés par Anteaume, 1756. Il se compose d'un plateau, d'une chocolatière, d'un sucrier et deux tasses, le tout avec dorures gravées.

147 — Service a dessert. Vingt-trois pièces en ancienne porcelaine de Worcester, dont trois plats de différentes grandeurs, deux corbeilles à fruits, deux plats longs à hors-d'œuvre, deux à une anse forme de feuille, et seize plus petites assiettes de dessert. Le tout, fond bleu et médaillons de fleurs.

VERRES DE VENISE

148 — Très-grand vase à couvercle d'une très-belle forme, garni d'anses doubles nouées au milieu ; il est couvert entièrement de zones blanches et filigranées, rapprochées et disposées en spirale ; pièce remarquable par sa réussite et unique pour sa grandeur.

Hauteur, y compris le couvercle, 63 centimètres ; largeur, 32 centimètres.

149 — Autre à peu près de même forme, moins grand, avec couvercle élevé.

150 — Belle coupe à piédouche élevé à godrons et décorée d'imbrications en émail de couleur et d'autres ornements dorés.

151 — Autre coupe, décorée dans le même genre ; au milieu un médaillon faisant ombilic, sur lequel est représenté une brebis tenant une banderolle et entouré de godrons rayonnants.

152 — Autre plus petite ; au centre un cavalier tenant une corne d'abondance et singulièrement coiffé, — sur un cheval marin.

153 — Verre forme gobelet en verre craquelé imitant la glace, de forme élégante ayant à l'ouverture deux attaches pour une anse.

154 — Vase Guttus en verre blanc, la panse bulbuleuse se prolonge par un col allongé et tordu à son ouverture ; il est muni de deux petits ailerons bleus.

155 — Autre de forme aplatie, avec deux petites anses bleues.

156 — Autre Guttus en verre blanc, filets bleus, de forme horizontale ; il est supporté par quatre petits pieds ; sur la partie supérieure, une ouverture pour régler l'écoulement du liquide.

157 — Petite aiguière ou burette en verre blanc avec filets bleus ; des deux côtés de la panse un mascaron doré.

158 — Jolie bouteille en verre rubis très-élégamment monté en argent ciselé. Sur le bouchon une petite figure d'enfant.

xvi* siècle.

159 — Deux petits barils en verre bleu lisse avec les deux têtes garnies en argent ciselé.

160 — Quatre assez grands vases en verre lisse vert dont le piédouche, les anses et l'ouverture sont en cuivre doré et ciselé ; les anses se terminent par des têtes de griffons.

Ce numéro sera divisé.

161 — Trois vases en verre lisse, deux verts et un blanc, forme de pomme de pin, avec piédouche, anse et entrée en cuivre doré et ciselé.

Ce numéro sera divisé.

162 — Petite tasse de forme déprimée en verre bleu et montée dans le même genre.

163 — Petit vase en émail blanc de forme élégante et jaspé légèrement de noir ; il est muni de deux anses.

164 — Verre lisse de forme allongée, muni de deux petites anses en ailerons.

165 — Petit verre à pied élevé, dont le calice est partie violet pour imiter la couleur du vin.

166 — Deux petits vases bocal en verre bleu gravé.

167 — Deux grands vases à piédouche et col évasé en verre agathisé. 40 centimètres de haut sur 18 de large.

168 — Grande cuvette de même travail, sur pied en bronze.

169 — Deux coupes sur pied bas en verre aventuriné.

170 — Verre romain jaune. Forme bouteille.

TAPISSERIES, DENTELLES, GUIPURES

171 — Deux grandes tapisseries d'Arras représentant des sujets de l'histoire romaine, un général romain consultant les augures ; le même général au retour de la guerre.

4 mètres 50 sur 3 mètres 50.

172 — GRAND TAPIS en soie au petit point, décoré de très-
beaux ornements dans le style de la fin du xviᵉ siècle.
Belle conservation. xviiᵉ siècle.

Dimension, 3 mètres 50 sur 2 mètres 25.

173 — GRAND TAPIS disposé en quatre bandes fond de velours et brocart brodé en soie, décoré de dessins cou-
rants avec médaillons à figures et oiseaux.

174 — TRÈS-GRAND TAPIS avec dessins brodés en soie sur
canevas de fil. xviᵉ siècle.

175 — DIX MÈTRES DE BORDURE, dessin courant, sur velours rouge.

176 — Autre bordure plus étroite.

177 — GUIPURE point de Venise, 7 mètres 50 centimètres
sur 0,24.

178 — Point de Venise même genre; 6 mètres 40 centimètres sur 0,21; plus deux morceaux même dessin;
ensemble 0,90 centimètres.

179 — ENTRE-DEUX en filet, 40 mètres de longueur sur
37 centimètres de hauteur.

180 — PETITE NAPPE avec entre-deux et bordure.

181 — Beau morceau de guipure à relief, point de Venise ;
longueur 0,84 sur 0,21 de largeur. Entouré sur trois
côtés de son picot et ayant servi de col (Louis XIII).

182 — Morceau à dents filet écru ; 5 mètres, hauteur, 0,13.

183 — PETIT TAPIS brodé soie sur toile de fil, représentant
des groupes de personnages exerçant différents métiers
avec inscription en espagnol ; il est entouré de sa bordure.

184 — RIDEAUX DE LIT en broderie rouge sur fond de toile
de fil ; ensemble 5 mètres sur 2 mètres 50.

185 — Bande du même travail ; 6 mètres sur 40 centim.
de hauteur.

186 — PLUSIEURS LAIS réunis ensemble avec des pointes
de même travail.

187 — JOLI TAPIS en broderie soie sur soie : 1 mètre
70 centimètres de longueur sur 1 mètre 27 centimètres de hauteur. XVIIe siècle.

188 — Morceau d'étoffe carré, dessin en toile découpée et
sertie en or sur satin rouge.

189 — TRÈS-BELLE GUIPURE ou dentelle, réseau en argent,
dessin en or : 4 mètres sur 0,10 centimètres de hauteur.

190 — GRAND NOMBRE DE CADRES de différentes dimensions, dont plusieurs avec ornements de bronze doré. — Ce lot sera divisé.

191 — Sous ce numéro seront vendus les objets non catalogués.

N.º 1
N.º 2

RED. :

22

MIRE ISO N° 1
NF Z 43-007
AFNOR
Cedex 7   92080 PARIS LA DEFENSE

graphicom

0 1 2 3 4 5 6 7 8 9 10